anno 1994

Hans

P.S. Alles Gute zum Geburtstag

SV

Cees Nooteboom

Der Buddha hinter dem Bretterzaun

Eine Erzählung

Aus dem Niederländischen
von Helga van Beuningen

Suhrkamp

Titel der Originalausgabe:
De Boeddha achter de schutting

Dritte Auflage 1994

Druck: Nomos Verlagsgesellschaft, Baden-Baden
Printed in Germany
ISBN 3-518-40518-7

Der Buddha hinter dem Bretterzaun

Cities, unlike villages and small towns, are plastic by nature. We mould them in our own images: they, in their turn, shape us by the resistance they offer when we try to impose our own personal form on them.
The city as we imagine it, the soft city of illusion, myth, aspiration, nightmare, is as real, maybe more real, than the hard city one can locate on maps in statistics, in monographs on urban sociology and demography and architecture.

Jonathan Raban, *Soft City*, 1974.

Die beiden Männer stehen in einem abseits gelegenen *soi* oder am schwarzen Todestrunkwasser eines *klong* (die Erklärungen folgen gleich). Könnte man die Hitze schmelzen lassen, so stünde jeder bis zu den Knöcheln in kochendem Wasser, so aber hängt sie nur als bedrängendes heißes Ding um den Körper. Der eine Mann ist, das sieht man gleich, ein Reisender. Thailänder haben nichts bei sich, er schon. Er trägt eine Art Postbotentasche, in der sich sein Unsinn befindet. Die Landkarte von Bangkok (Bangkok ist ein Land), sein Paß (so daß er ab und zu nachsehen kann, wer er eigentlich ist), seine rote, leinengebundene Kladde (in der er diese Reise beschreiben wird), sein Dies, sein Das, sein Sonstnochwas. Sie ist recht dick, diese Tasche, und sie macht ihn sehr sichtbar. Die armen Leute, die an ihm vorbeigehen oder die sich graziös auf dem Boden drapiert haben (reiche Leute fahren in Autos), werfen begehrliche Blicke darauf. In dem *soi* (Nebenstraße einer großen Verkehrsader) scheint die Großstadt auf einmal weit weg. Die beiden Männer stehen unter einem Baum von höchstem Grün. Hinter einem verfallenen Bretterzaun ertönt Zaubermusik, Thai-Musik. Worte wie Rätsel, Klänge wie Samt. Es riecht hier nicht gut, irgendwo steht eine Luke zur Unterwelt auf. Der Reisende weicht ein Stück zurück, denn der andere Mann hat ihm einen Finger in die Brust gebohrt. Das heißt – ist das überhaupt ein Finger? In der Sonne ist es eine goldene Pfeilspitze. Und als sich die dicken, fetten Blätter des tropischen Baums vor die Sonne schieben, gleicht er einer glänzenden Radiernadel. Oder so etwas ähnlichem. Jedenfalls ist er genau auf die Brust des Reisenden gerichtet. Doch der Mann, der damit droht, hat eigentlich ein freundliches Gesicht. Kunststück, denn er existiert nicht.

»Okay«, sagt er, »du bist jetzt lange genug in Bangkok. Erzähl mal davon.«

»So läuft das bei mir nicht«, sagt der Reisende, »bei mir kommt das immer erst später« – und er klopft auf seine rote Kladde –, »wenn ich zu Hause bin und meine Erinnerungen ausarbeite.« Der nicht existierende Angreifer lacht geringschätzig und drückt seinen Finger oder die Waffe tiefer in die Brust des Reisenden.

»Laß das mal schön zu«, sagt er, »ich will diese Worte nicht. Ich will deine Erinnerungen. Und ich will sie *jetzt*.«

»Aber ich bin doch noch hier!«

»Kein Grund, dich an nichts zu erinnern. Ich kenne dich doch. Mach die Tasche mal auf.«

Der Reisende öffnet die Schultertasche (diese verflixte Schultertasche! Sie wiegt nur ein Kilo und ist doch so schwer! Wie schaffen andere das?), und der Angreifer wühlt mit seiner freien Hand darin herum. Das erste, was er herauszieht, ist ein Buch: *Thai Buddhism in the Buddhist world*.

»Dacht ich's mir doch«, sagt er, »ich weiß genau, was du vorhast. Du wolltest schnell mal diesen Blitzkurs Buddha mit deinen eigenen Worten wiedergeben.« Er wedelt mit dem Buch in der Luft herum.

»Aber das ist Buddha nicht, mein Junge. *Das* hier ist Buddha.« Und er zeigt auf ein Loch in dem Bretterzaun. Was sie sehen, ist der Hof eines unansehnlichen Häuschens. Ein alter Mann liegt schlafend unter einem Baum, zusammengerollt wie ein Hund. Und über ihm, dort, wo der Baum sich in zwei Teile gabelt, ist eine winzige Plattform, auf der ein mit Goldfarbe besprühter Blechbuddha steht. Nicht steht, sitzt. Dick, zufrieden, die Augen zu Schlitzen verengt, die Hände im breiten Schoß. Frische Blumen stehen vor ihm, und daneben liegen eine Banane und eine Orange.

»Siehst du«, sagt der Angreifer, »nix achtfacher Pfad, nix großes Fahrzeug, kleines Fahrzeug, achtes Jahrhundert, zehntes Jahrhundert, sechzehntes Jahrhundert. Einfach ein dicker Woolworth-Buddha, zwanzigstes Jahrhundert, Bangkok 1985.«

Der Reisende schaut auf den Buddha im Baum und will sein rotes Buch nehmen, um das Bild festzuhalten.

»Brauchst du nicht aufzuschreiben«, sagt der andere, »siehst du den ganzen Tag. In tausend Gestalten, Buddha, Buddha, Buddha. Oder etwa nicht?«

Der Reisende nickt. Es läßt sich nicht leugnen. Sogar in Taxis. Und immer hat irgend jemand eine Blumengirlande darumgehängt. Oder es steht ein Körbchen mit Eiern davor. Er hat es schon oft genug in seinem roten Buch notiert.

»Schau, da hast du ihn«, sagt der andere, und sie blicken beide zu dem in gelbe Tücher gehüllten Mönch, der durch den Staub des *soi* geht, als müsse er mit seinen großen Sandalen die Welt abtragen. Als der Mönch näher kommt, blickt er kurz auf und lacht. Ihm sitzt eine idiotisch kleine Brille auf der Nase, und die verleiht seinem Gesicht über der nackten rechten Schulter etwas Heiliges. So heißt das nun einmal.

»Vielleicht ist er es ja selber«, sagt der Angreifer. »Diese Buddha-Figuren haben nie eine Brille, daher kommt man nicht auf die Idee. Nimm diesem da die Brille ab, zieh ihm die Ohren lang, kleb ihm ein Büschel weiße Haare auf den kahlen Schädel, mal ihm einen Punkt auf die dumme Stirn, und du hast einen weisen Mann. Setz ihn im Lotussitz auf ein Podest, zünde Weihrauch vor ihm an, schlag auf den Gong, färb ihn golden, und schon hast du's. Oder nicht?«

»Wäre möglich«, sagt der Reisende. Und es stimmt. Wenn man darüber nachdenkt, stimmt es. Den ganzen Tag sieht man Buddhas. In der Halle des nicht so prunkvollen Hotels, im stinkenden Bus oberhalb des Rückspiegels, im Süßwarenladen in der Vitrine zwischen all dem unbegreiflichen, durchsichtig grünen und violetten Naschwerk. Und daneben all die anderen: aus Bronze, aus Gold, smaragdbesetzt, kleiner als man selbst, so groß wie man selbst, doppelt so groß wie man selbst, oder auf einem luxuriösen Ellbogen liegend, tausendmal so groß wie man selbst, von sich selbst in klein umgeben, einmal, zehnmal, hundertmal. Buddha Buddha Buddha. Er war überall, es nahm kein Ende. Weise, streng, lächelnd, träumend, in sich gekehrt, klassisch, erhaben, abwesend, die Hände in den verschiedensten Haltungen, die alle etwas anderes bedeuten: meditierend, predigend, das Böse unterdrückend: *subduing Mara, calming the ocean.* Stand alles in seiner Kladde. Doch damit durfte er nicht ankommen. Nicht jetzt.

»Nein, damit brauchst du mir jetzt nicht zu kommen«, sagte der andere, der also Gedanken lesen konnte. »Das liest nur einer, der es ohnehin schon weiß, und dann auch nur, um zu schauen, ob du keine Fehler machst.«

Er holte das rote Buch aus der Tasche und blätterte darin. Der Revolver wurde eine Pfeilspitze wurde ein gewöhnlicher Finger. Wie kam es, daß dieser aufdringliche Typ jetzt auf einmal seinem Freund, dem Maler, glich?

»Hab ich mir's doch gedacht«, sagte der Mann mit dem Buch. »Wat Phra Keo, Wat Arun, Wat Benchamabophit, Wat Pho . . .« (Ein *soi* ist eine Straße, ein *klong* ist ein Kanal, ein *wat* ist ein Tempel). »Namen, Namen, Namen. In einem halben Jahr hast du sie alle vergessen. Dann mußt du alles wieder nachschlagen. Mach lieber die Augen zu und schau.«

Das war ein paradoxer Befehl. Aber schaden konnte es nicht. Hinter den geschlossenen Lidern, die den Glanz der Tropensonne nicht ganz aussperren konnten, sah er jenen anderen Glanz, den der Tempel, Stupas und Chedis, der goldenen glocken- und frauenbusenförmigen Kuppeln, der unbegreiflichen Wandmalereien, der herrschsüchtigen Fabeltiere und der großen, leeren, heiligen Räume in den Tempelbezirken. Tempel am Wasser, Tempel als umschlossene Geheimnisse mitten in der Stadt. Aber es waren Fragmente, diese Bilder, und was gehörte wozu . . . Oder hatte der andere recht, spielte es keine Rolle?

Er hatte die Augen noch immer geschlossen und sah jetzt eine Prozession Tausender kleiner Mädchen in Weiß und Schwarz über das oder über ein Tempelgelände ziehen. Schwarz und weiß, und dazwischen, frühmorgens, eine Prozession orangegelber Mönche mit Bettelnäpfen. Orange Gänse, so etwas mußte in seiner Kladde stehen. Ja, es war frühmorgens gewesen, neblig, und er hatte hinter dem Royal Orchid Hotel eines jener gondelartigen Boote bestiegen, bei denen man nie wußte, wohin sie fuhren. Man setzte sich, und dann kam ein Mädchen in

Uniform, das wissen wollte, wie weit man mitfahren würde, aber das konnte man nicht sagen, weil man es nicht wußte. Dann lachte sie (Thais lachen fast immer, das war für jemanden aus dem Land, aus dem er kam, so etwas wie Balsam auf der Seele) und kurbelte einen winzigen Fahrschein aus der komischen runden Metalltrommel auf ihrer Mädchenbrust. Fuhr man zu weit mit, so kam sie wieder, denn zwischen den Hunderten anderer, die bei den schwankenden Stegen an oder von Bord sprangen, hatte sie einen keine Sekunde aus den Augen verloren. Chao Phraya, so hieß der Fluß. Wie eine wollüstige blaue Schlange kroch er in mutwilligen Windungen durch Bangkok – auf der Karte, denn in Wirklichkeit hatte das Wasser die Farbe der Erde, die Farbe des großen asiatischen Landes, aus dem der Fluß dahergeströmt kam. Oh, dieser Fluß! Endlos konnte man fahren für weniger als zehn *baht* (ein *soi* ist eine Straße, ein *klong* ein Kanal, ein *wat* ein Tempel, ein *baht* eine Münze, 1 *baht* = 12 Pfennig), und endlos hieß stundenlang. Die Boote waren flach und offen, die Fahrer saßen vorn, hinter einem Autolenkrad, neben einem frisch beblümten Buddha und einer lärmenden Musikkassette mit exotischem Klingklang. Wer keinen Sitzplatz hatte, mußte sich gut festhalten, denn die Dinger hatten ein höllisches Tempo drauf. Hinten stand ein Mann, ein Matrose, ein Schaffner, wie nennt man so jemanden, ein fröhlicher Thai in dunkelblauer kurzer Hose und T-Shirt, der einen tierischen Schrei von sich gab, wenn das Boot halten sollte, und einen ebensolchen Schrei, wenn es wieder abfahren konnte – und alle, sogar die alten Leute, verstanden sich auf die Kunst, diesen tanzenden, drohenden, strudelnden Augenblick zwischen Steg und Fluß mit einem zierlichen Sprung zu überbrücken. Und dann ging es wieder los mit einem Pap-pap der Hupe und einem extra Aufheulen des Motors, vorbei an den schwimmenden Hütten, wo Menschen sich mit Flußwasser wuschen, Gemüsebooten, merkwürdigen Flußschiffen, die wie schwimmende Planwagen aussahen, vorbei an Gärten und Tempeln, fernen, luftigen, fast verschwindenden oder auch ganz nahen grünen, tropischen Ufern, und überall Menschen, die, so schien es, leichtfüßiger gingen als Menschen in anderen Ländern, und zwischendrin immer die Ringelblumenfarbe der Mönche, Körbe voll Blumen, Fischen, Zwiebeln und roten Pfefferschoten . . .

»Sehr gut, sehr gut«, sagte die Stimme des Mannes, der ihn offenbar auf all diesen Bootsfahrten begleitet hatte, »siehst du jetzt, daß du dein Buch gar nicht brauchst? Aber du bist abgeschweift. Eine Prozession von Mönchen, an jenem Morgen, diese Vision, weißt du noch?«

Er wußte es noch. Er hatte auf der Sukhumvit Road ein *tuktuk* angehalten. (Ein *soi* ist eine Straße, ein *klong* ein Kanal, ein *wat* ist ein Tempel, ein *baht* eine Münze, ein *tuktuk* ein dreirädriges offenes Taxi, das einen gottserbärmlichen Lärm macht und auf dessen Rückbank aus glühendheißem rotem Kunststoff man sich an der Chromstange ordentlich festhalten muß, um nicht rauszufliegen.) Die Fahrer sind Teufelsbraten, sie stürzen sich blindlings ins Gewühl, am besten schaut man auf den lachenden Buddha über dem Rückspiegel, dem macht es auch nichts aus. Außerdem, wenn man stirbt, stirbt man in einem Kunstwerk, denn so wie die zerreißende Seele New Yorks als Schrei in den Lascaux-Höhlen der U-Bahn steht, so befindet sich die süßscheinende Seele der Thai in den Kringeln, Farben und honigtriefenden Bildern, die sie auf ihre *tuktuks* malen. Für diese Todesfahrt muß man zahlen, und über den Preis muß man verhandeln, und währenddessen muß der Fahrer den Motor laufen lassen, und in diesem Pandämonium scheint es, als habe man zehn *baht* verdient, während man natürlich genau weiß, daß man zehn *baht* zuviel bezahlt hat – und so hatte der Reisende an jenem ersten nebligen Morgen, als alles noch kühl war und die Welt neu, am Fluß gestanden, von dem Lärm befreit, der in seinen Ohren nachhallte. Er hatte gefragt, wo die Boote hinfuhren, aber alle lachten, weil keiner Englisch sprach, und da hatte er beschlossen, daß es keine Rolle spielte, wohin er fuhr (»Gut so«, sagte die Stimme ihm gegenüber).

Er war auf das erstbeste Boot gesprungen, hatte sich so weit vorn wie möglich hingesetzt und begriffen, daß er jetzt zuerst in westlicher und dann in nördlicher Richtung durch die Stadt fuhr, die nie und nirgendwo aufhörte und im übrigen meist gar nicht wie eine Stadt aussah, sondern wie ein Dorf. Am Ufer wuschen sich Leute und gossen sich Wasser über den Kopf wie bei einer selbst inszenierten Taufe (die Stimme lachte), sie waren unter Brücken hindurchgefahren, auf denen zu dieser Stunde bereits eine fette, qualmende, vierspurige Autokarawane kroch oder stand, er hatte die Tempel gesehen im Schein des ersten Sonnenlichts, wie erhabene goldene, sonnenspiegelnde Luftschiffe dahintreibend, und zum Schluß war er ausgestiegen, wo niemand ausstieg, das kleine Boot stoppte kaum. Als er sich umdrehte, sah er die Frage in den Augen des Bootsmannes: Was will der hier? Er wollte nichts, das war so seine Gewohnheit. Der Steg, falls man ihn als solchen bezeichnen konnte, war lang und wogte im dunklen Wasser leicht auf und ab. Dicke Polster Entengrütze trieben träge unter ihm hindurch. Still war es da. Der Steg endete in einem matschigen Weg. Palmen, unbenennbare Bäume, der Gegenduft von Durianfrüchten. Dann weitete der Weg sich plötzlich zu einer Art öffentlichem Raum, der auf einer Seite von einem verlassenen kleinen Tempel begrenzt wurde. In der Ferne noch die Geräusche des Flusses, hier nur Rauschen, dieses nicht erdachte, nicht komponierte Geräusch. Und in der Mitte des öffentlichen Raums, des kleinen, leergemachten oder -gehaltenen Platzes, stand ein alter verwitterter Buddha, oder vielleicht war es gar kein Buddha, sondern nur ein Bodhisattwa, der bereits ein gutes Stück auf dem Weg zur Erleuchtung zurückgelegt hatte. Verwittert, das war wohl das richtige Wort, er sah aus, als sei er aus Holz anstatt aus Stein, Wettertränen waren senkrecht über sein Gesicht heruntergelaufen, hatten es gekerbt, verletzt. Er stand vor einer geraden Steinplatte, rostiges Moos, ockerfarbenes Moos, froschgrünes Moos, und blickte nach unten, nein, nach innen, in sich hinein. Dort herrschte

Friede, das war eindeutig zu sehen. Die Hände hatte er in den Ärmeln aufeinandergelegt, die er damit hochhob, bis über sein Herz. In sich gekehrt: Es gibt immer ein erstes Mal, an dem man einen abgegriffenen Ausdruck begreift. Greift.
Dieser Figur brauchte er nichts zu sagen. Er konnte an ihr vorbeischlendern und wieder zurückkommen. Von der Seite betrachtet, änderte sie ihren Ausdruck nicht. So sah Christus nie aus. Christus, der falsche Gott. Man hängt sich nicht an ein Kreuz, um sich abschlachten zu lassen.
Nun spürte er jemand hinter sich. Es war ein kleiner Junge, er erschrak. Der Junge lachte, so ein Lachen, das ein Gesicht öffnet. Also lachte er zurück, und so standen sie da und lachten, groß und klein, West und Ost, Mann und Kind, einer, der dort nicht hingehörte, und einer, der dort hingehörte. Das war der Moment, sah er jetzt wieder, in dem die Mönche vorbeikamen, einige ebenfalls noch Kinder. Der kleine Platz wurde zu einer Bühne, aber er kannte das Stück nicht. Die Prozession kam von links und trat rechts

wieder ab, eine Prozession männlicher Personen in wehender Kleidung, Bettelnäpfe in der Hand. Er fragte sich, ob er dieses Wort je laut gesagt habe: Bettelnapf.
»Versöhn die Bilder.«
»Was?«
Er spürte den Finger, diese Waffe, schon lange nicht mehr in seiner Brust, aber es war noch dieselbe Stimme, die das gesagt hatte.
»Versöhn die Bilder.«
Er antwortete nicht. Dieses Bild, die orangefarbene Girlande aus Menschengestalten, war jedenfalls verschwunden. Irgendwohin. Er würde ihnen nicht folgen. Eine alte Frau war gekommen, die einen kleinen Korb mit Eiern vor die Figur gestellt hatte. Auch sie hatte gelacht und war dann mit dem kleinen Jungen verschwunden. Er war also wieder allein. Langsam ging er zu dem Tempel und zog seine Schuhe aus. Sie waren sehr groß auf dem Bretterboden. Meist standen sie nicht so allein da: Bei allen Tempeln waren es immer sehr viele. Leere Schuhe, Schuhe ohne Menschen.
Versöhn die Bilder. Auf einmal hatte er an

Schuhe denken müssen, und jetzt sah er sie. Hunderte, Tausende von Schuhen auf Tempeltreppen, Holztreppen, Marmortreppen, glänzende, zerlumpte, zerknautschte Schuhe, stolze und leidende, gähnende, dumme, eitle, eklige, edle Schuhe, von ihren Menschen befreit. Die gingen jetzt alle ohne dieses Leder, ohne Plastik, Seide, Holz in dem Heiligtum umher, unbeschuht, unbeschützt. Ein Abendländer kam sich dann etwas albern vor, als wäre ihm eine Waffe genommen, als wäre er zu klein geworden, doch darum ging es ja gerade. Ein wenig kleiner.

Wann wieder ein Boot kommen würde, wußte er nicht. Es schien, als sei das hier gar keine Stadt mehr. Eher ein verlassenes Dorf. Er setzte sich ans äußerste Ende des Stegs und sah viele Boote vorbeifahren. Er ließ die Beine über dem Wasser baumeln.

Versöhn die Bilder. Was meinte die Stimme damit?

Die Stimme antwortete prompt.

»Dein Hotel. Das Squeeze Inn. Sukhumvit. Adelheid und Tineke.«

Das Squeeze Inn befand sich in der Nähe seines Hotels, Ecke Sukhumvit und Soi 29. Am ersten Abend war er dorthin spaziert, angezogen von dessen Unsinn. Es stand alles in seinem roten Buch, aber darin konnte er jetzt nicht nachschauen. Auf der Sukhumvit herrschte Tag und Nacht Verkehr, bösartig wie ein faschistischer Aufmarsch. Manchmal jedoch trat, sehr spät, eine Flaute ein. Dann kamen die Wagen, die die Gehwege sauberspritzten. Die Hunde wußten das genau, denn sie kamen dann zum Trinken. So war es auch bei jenem ersten Mal. Er wollte noch nicht in sein Zimmer. Dort wartete nichts anderes auf ihn als die Nachwirkungen eines zwanzigstündigen Flugs, der nirgends gerissene Faden der Bilder zwischen Schiphol und Bangkok Airport, die Lichter Roms, das Herumhängen zwischen Arabern in Bahrain, die zwölfstündige Quälerei danach. Im Squeeze Inn konnten vielleicht sechs Personen sitzen, und eine saß bereits da, weil sie immer da saß. In dem violett getönten Neonlicht war sie nicht gut erkennbar, aber sie saß da und häkelte. Als er hereinkam, fragte sie ihn, ob er ihr helfen wolle. Irgend etwas hatte sich unentwirrbar verheddert. Er hielt den weißen Strang, um beide Handgelenke, wie früher bei seiner Mutter. Sie wickelte ihn auf, er blickte in ihr pechschwarzes Haar, sah die kleinen, zierlichen Hände, die sich so flink bewegten. Hinter ihr kamen aus einer schmalen Tür Männer heraus, die gleich nach draußen weitergingen. Oben war ein Hotel, eines von der Art, die man in Marseille oder Paris *hotel de passe* nennt. Als sie die Hände wieder frei hatte, fragte sie, was er trinken wolle, und er nahm einen Whisky, der in dem schmutzigen Licht giftig aussah. Sie fragte, ob er mit ihr nach oben wolle, und er sagte nein, denn das wollte er nicht. Sie lachte glockenhell und beugte sich wieder über ihre Häkelarbeit. Bevor sie diese wieder aufnahm, fragte sie ihn noch einmal, Ware angeboten und abgelehnt, und dann saßen sie friedlich weiter auf diesen fünf Quadratmetern, ein altes Ehepaar. Er sah, wie der Verkehr auf der Sukhumvit wieder zunahm, wenn er die Augen halb schloß, zogen Tausende gelber Streifen vorbei. Als

er ging, sah er in einer Nische neben der Tür den Buddha und dachte etwas Unbestimmtes, so ist's recht, oder so ähnlich. Versöhn die Bilder. Das war also damit gemeint, es war ganz einfach.
Das Crown Hotel. Vom Squeeze Inn geht man die Soi 29 entlang. Gleich um die Ecke steht ein Wagen mit Limonaden in nicht existierenden Farben, aus nicht existierenden Früchten bereitet. Sirup hieß das in Surinam. Ein wenig von dieser todvioletten, gallengrünen, samenweißen Flüssigkeit wird in hohe Gläser gegeben, zerstoßenes Eis und Wasser dazu, happy landings. Ein Stück weiter steht ein *rote ken*, ein kleiner Wagen mit einem Kochtopf in der Mitte. Nudeln, Fischklößchen, Klebreis, der in die scharfe *jaeow* getunkt wird. Immer hocken ein paar Leute um ihn herum. So kommt man automatisch zum Crown Hotel, das auf seiner eigenen Unterführung steht. Links ein Coffee-Shop, rechts die Rezeption, draußen gleich der kleine Swimmingpool mit den zu großen weißen Körpern und ihren kleinen thailändischen Begleiterinnen. Der ölige

Film auf dem Wasser stammt nicht vom unentwegt grollenden Verkehr auf der Sukhumvit, es sind die Tränen eines tropischen Baums darüber. Man kann ruhig darin schwimmen. Er schwimmt in der lauen Brühe, muß nach wenigen Zügen bereits wieder umkehren und schaut vom Wasser aus zu den anderen hinüber. In ein paar Tagen wird er besser wissen, wer sie sind. Australier, Amerikaner, Engländer, die am Golf auf einem Bohrturm arbeiten und hier eine Woche lang ihre monatelang aufgestaute Lust rauslassen. Am Golf ist Alkohol verboten, folglich sieht man sie auch im düsteren Licht des Coffee-Shops, Ströme von Bier in sich hineinschlürfend, kleine schwarzhaarige Prinzessinnen wie Schatten neben sich. Ihn muß das auf Geheiß vieler westlicher Moralinstanzen unangenehm berühren, aber oft sind die plumpen weißen Körper wie Wachs in den Händen der schüchternen Schatten. Irgendein Gleichgewicht ist erreicht, etwas wie ein eigenartiges häusliches Glück schwebt im Coffee-Shop, ein Kind ohne Vater in einer armseligen Hütte am Rande

Bangkoks hat zu essen oder kann die Schule besuchen, die Saudis bekommen wieder eine gezähmte Arbeitskraft. Die Welt ist eine bittere Waage. Bangkok heißt nicht Bangkok, sondern Krung Thep, Stadt der Engel. Zwischen zwei- und dreihunderttausend Frauen arbeiten in 97 Nachtclubs, 119 Massagehäusern, 119 Frisier- und Massagesalons, Teehäusern, 248 verbotenen, aber zu findenden Bordellen und 394 Disco-Restaurants. Das Leid der Welt wird wegmassiert und strömt als endloser, klebriger *klong* von Samen in die Abwässer der Engelstadt. Versöhn die Bilder. Die Stadt der Engel. Warum sieht er dabei die Engel Botticellis, Cranachs, van Eycks, Mantegnas? Engel sind blond.
»Nicht abschweifen«, sagt die Stimme. »Du machst wieder eine Kunstabhandlung daraus. Gleich kommst du noch mit diesen gräßlichen Rilke-Engeln an. Du warst beim Crown Hotel. Vergiß doch mal, daß du aus Europa bist. Hier sind die Huren Engel, und diese Engel sind schwarz. Es sind unsere eigenen Dämonen, die uns hierher jagen.«
Das Crown Hotel. Hier wohnt sein Freund,

der Maler, weil er hier arbeiten kann. Er bekommt immer dasselbe Zimmer, stellt dort seinen Buddha auf, gibt ihm Blumen, gibt ihm zu essen, gibt ihm vielleicht ein Glas Mekong-Whisky und ist, wer weiß, glücklich. Wenn er in dem ranzigen Wasser schwimmt, sieht er den Maler manchmal am Rand sitzen, unter dem weinenden Baum, für die Welt verloren, das Gesicht ein bißchen böse vor Konzentration, er denkt an etwas oder zeichnet etwas. Er sieht etwas, was kein anderer sieht. Der Reisende und der Maler. Ihre Charaktere sind gegensätzlich, aber der Reisende liebt den Maler. Er liebt nur wenige Menschen auf der Welt. Der Maler hat dem Reisenden vom Crown Hotel erzählt, aber hinzugefügt, er glaube nicht, der Reisende sei der Richtige für das Crown Hotel. Vielleicht sei er ein Typ für das Royal Orchid, das Oriental. *Luxus?* Fehlanzeige. Der Reisende mag das Crown Hotel. Im Innersten seiner Luxusseele liebt er Schutt, Verelendung, Schund, down and out. Elend läßt sich am besten in fremden Wörtern ausdrücken: Misery, misère.

»Hm«, macht die Stimme am Bretterzaun. Aber es stimmt, in der himmlischen Hölle Bangkoks kommt sein Zimmer ihm wie ein Zufluchtsort vor, ein Refugium. Wände und Fußboden sind aus nacktem Stein, Bett und Schrank aus Holz, das erst angemalt werden muß, um wie Holz auszusehen. Irgendwann einmal war die Wand gestrichen, in einer unbestimmbaren Bleifarbe? Genau über ihm hängt ein Ventilator, so als wäre im Zimmer über ihm ein Propeller-Flugzeug senkrecht herabgestürzt. Wenn er seine Kleider auf den Balkon zum Trocknen hängt, tritt er in einen Feuerofen, barfuß kann man da nicht stehen. Die Kleider sind in weniger als einer halben Stunde bretttrocken, riechen aber immer ein wenig nach dem Imbißwagen unter seinem Balkon. Im Dämmerlicht steht er manchmal da und schaut. Eine Karbidlampe wirft tanzende Schatten über die sitzenden und liegenden Gestalten. Musik aus einem Transistorradio, Girlanden unverständlicher Lieder, alles in Ordnung. Gegenüber seinem Bett – das erste, worauf sein Blick beim Aufwachen fällt – befindet sich eine Aufschrift, die besagt, daß die Polizei in diesem Viertel sehr aktiv sei und daß es besser sei, kein Rauschgift bei sich zu haben. Es steht da in seinen eigenen Buchstaben und in denen des Landes, in dem er sich gerade befindet. Diese Buchstaben findet er schöner, weil sie so geheimnisvoll sind. Es gefällt ihm, mit Zeichen einzuschlafen und aufzuwachen, die Sprache bedeuten. Sie stehen aufrecht, diese Zeichen, sie haben Enden in Form von Ringen oder seltsam geformten Haken, sie sehen wie Spezialschlüssel oder Folterwerkzeuge aus. Man kann sie ganz lange betrachten und glaubt immer noch nicht, daß da das gleiche steht wie in den eigenen Buchstaben. Altertum: Diese Instrumente, die dort so ordentlich aufgereiht sind, um ein Götterbild zu reparieren, können nicht von Drogen und Polizei sprechen.

Im Schrank hängen verbogene Plastikskelett-Haken. Es sind gut und gern drei, und mehr Kleidungsstücke besitzen die meisten Bewohner auch nicht, das Crown Hotel kostet nur dreißig Mark. Das ist teuer, finden Tineke und Adelheid, die im TT-Guesthouse wohnen. Das kostet nur zehn Mark. Aber sie haben keinen Ventilator, und sie müssen sich irgendwo auf dem Gang waschen. Er hat ein Bad, aber Bangkok, oder das Crown Hotel, geizt mit Wasser. Abends bekommt er von Herrn Deng eine Flasche abgekochtes Wasser aus dem Kühlschrank in der Halle, damit er nachts etwas zu trinken hat und seine Zähne putzen kann. Aus der Dusche kommen nur Tränen, wie aus dem Baum unten. Mit Blut vermischte Tränen, das Wasser ist rostig. Freilich nicht immer. Zu geheimnisvollen Zeiten kommt plötzlich eine ganze Flut, man könnte vor Vergnügen pfeifen.

Herr Deng. Es hat den Anschein, als sei er immer da. Er weiß alles. Er schreibt Botschaften für einen in seiner Geheimschrift, so daß das *tuktuk* einen dorthin bringt, wo man hin muß. Er ist klein, der Herr Deng, er sitzt niedrig hinter der Rezeption, ein wenig zurückgelehnt, aber er beherrscht die Halle. Sein Gesicht gehört in die Kategorie »unvergeßlich«, ohne daß man genau sagen könnte, warum. Eine Mischung aus Ruhe und Intensität. Es ist sehr weiß, dieses Gesicht, aus dem eine tiefe, träge Stimme kommt. Am besten hört man das, wenn man ihn anruft. Erst ist Rauschen vergangener Zeiten und Kontinente vernehmbar, so als hätte der schwarze Bakelitapparat alte Kolonialluft aufbewahrt. Dann kommt Dengs Stimme.

»Yes?«

»I would like . . .«

Ja, was will er eigentlich? Dengs Stimme hat so geklungen, als wäre alles möglich. Eine arabische Prinzessin, Plätze fürs Pferderennen, ein Leopardensoufflé oder eine seltene Ausgabe isländischer Sagen.

Deng, denkt der Reisende, ist jemand für einen Roman. (Leser sagen »jemand aus einem Roman«, Schriftsteller »für einen Roman.« Doch dieser schreibende Reisende hat noch keinen Roman, in den er Deng stecken könnte, also läßt er ihn vorläufig nur über einer einzelnen Seite schweben.) Er stellt sich vor, wie Deng jetzt am Telefon sitzt, zwei Treppen tiefer, mit überschatteten Augen alles in der Halle verfolgend, das va-et-vient, die neuen combines, den Handel, die Sorgen, die Gestalten draußen am Pool.

»I would like to phone to the TT-Guesthouse.«

»I will give you a line.«

»Thank you, Mr. Deng.«

»You are welcome.«

Er wählt eine Nummer, und ein anderer Deng antwortet, am anderen Ende der Stadt. Diese Stimme jodelt.

»TT-Guesthouse.«

»I want to speak to Miss Adelheid.«

Der Name ist plötzlich fremd in seinem Mund, als wäre dieser bereits auf eine andere Sprache eingestellt, die, von der er hier umgeben ist. Er weiß nicht warum, aber er muß plötzlich an Hortensien denken, und an Villen in Baarn.

»Adelheid?«

Die Stimme am anderen Ende gibt den Namen zurück, verzerrt, und von einem großen Zögern begleitet. Es ist plötzlich wieder eine andere Blume geworden.

»From Holland.«

»Ah, yes . . . just a minute.«

Er hat jetzt sehr lange Zeit, sich in seinem Zimmer umzuschauen. Das Telefon steht auf einem niedrigen Tischchen, und er sitzt auf dem einzigen Stuhl daneben. Die meergrünen Kunststoffjalousien hat er heruntergelassen. Er sitzt im Halbdunkel, die nackten Füße auf dem Steinfußboden, ein Handtuch umgeschlagen, die Karte von Bangkok auf dem Bett, ein Meer von Blau, durchkreuzt von gelben und weißen Streifen. Latya Road, Rama IV Road, Si Ayutthaya Road. Irgendwo in dieser verrückten Formel wohnt er, irgendwo wohnt Adelheid. Adelheids Vater ist Dichter, ein alter Freund. Sie ist groß und blond, sehr nördlich, und arbeitet in einem Restaurant in Amsterdam, in das er gelegentlich kommt. Das tut sie nie lange. Wenn sie arbeitet, nimmt sie immer gleich zwei oder drei Jobs an, bis sie fünftausend Gulden beisammen hat. Davon kann sie in Asien monatelang leben. Eigentlich mag er nur solche Menschen. »*Clowns, Dichter, Vagabunden und eine Radierung vom Meer*«, eine Gedichtzeile, die er irgendwann, irgendwo gelesen hat. Sie fliegt in den Fernen Osten mit einer jordanischen Linie. Das kostet nur 1200 Gulden hin und zurück. Dann sieht sie weiter. Manchmal muß man in Amman einige Zeit warten, weil kein Flugzeug da ist, aber das macht ihr nichts aus. Er ist neidisch auf sie, weil er gerne genauso reisen würde, aber das geht nicht mehr, er ist zu alt oder zu verwöhnt. Früher hat er es auch so gemacht, als er so alt war wie Adelheid. Verwöhnt? Die Steinwände seines Zimmers im Crown Hotel sehen ihn an. Hält sich in Grenzen.

»Adelheid«, hört er plötzlich, als wäre das ihr eigenes Telefon, als riefe er sie zu Hause an. Und vielleicht ist es auch so.

Er sagt seinen Namen, und sie lachen, weil es doch irgendwie komisch ist, sie beide in Bangkok. Im Hintergrund hört er einen Fernseher.

»Hast du Fernsehen im Zimmer?«

Darüber muß sie sehr lachen. Wenn sie die Tür ihres Zimmers hinter sich schließt, sagt sie, ist das Zimmer voll.

»Du hast bestimmt Airconditioning?« Das sagt sie, um ihn zu ärgern.

»Nein, nur so einen Propeller. Es gibt zwar eine Klimaanlage, aber die schalte ich nie ein, denn die Hälfte der Zeit läuft sie nicht, und *wenn* sie läuft, dann röhrt sie. Mir macht die Hitze nichts aus.«

»Wenn du kommst, dann zeige ich dir den Fernseher«, sagt Adelheid.

Sie verabreden sich für den nächsten Tag. Früh, wenn es noch kühl ist. Dann wollen sie ins Nationalmuseum.

Die müßigen Augenblicke eines Reisenden. Er betrachtet ein Foto in der *Bangkok Post*. Ein paar ältere Herren lassen sich den Kopf kahlscheren. Sie haben die Augen geschlossen, die Hände gefaltet. In den Händen Schilfgräser und kleine Blumengirlanden? Mönche? Ihre Oberkörper sind nackt, die dunklen Haare liegen auf den Schultern. »Nine CAT-workers shaved their heads last night in protest of the management and the Government and plan to enter the monkhood today.« CAT? Communications Authority of Thailand. Postbeamte. Er sieht sich das Foto noch einmal an. Ja, jetzt ist er definitiv woanders. Die Augen sind ge-

schlossen, die rasierten Gesichter ohne Anspannung. Der Streikende ist Mönch geworden. Darüber möchte er nachdenken, aber weiß nicht, was.
»Ist auch besser so«, sagt die Stimme ihm gegenüber. Die gibt es also noch immer. Antipode, Freund, Feind, Gedächtnisstütze, Mentor. Er beschließt, diesmal nicht zu antworten, und schaut an jenem anderen Ort, wo er sich auch befindet, weiter in die Zeitung. Ein echtes Land, eine echte Zeitung, mehr als dreißig Seiten. »Where to lunch and dine out. Donut lovers everywhere say MISTER Donut.« Er denkt an den Imbißwagen unter seinem Fenster, die Emailschüsseln, die Stapel beißend scharfer roter Pfefferschoten. »Australian Tax Collectors end strike.« Die haben sich die Haare also nicht abschneiden lassen, sind nicht bei den Dominikanern oder Benediktinern eingetreten, da ist er sich sicher. Er liest die Berichte aus Kabul, Bombay, Rangun, Lhasa, Peking, Djakarta, er ist in Asien. Das Zentrum der Welt ist mit ihm mitgereist. Nein, das ist falsch ausgedrückt, das Zentrum der Welt ist

überall gleichzeitig, aber der Ort, an dem man sich vorübergehend aufhält, wird es ausschließlich. In Spanien sind die Niederlande ein Schatten, in Amerika ist Europa ein Schemen, in Asien gibt es zunächst einmal die Länder ringsum und dann erst den Rest. »Khmer post falls to Hanoi force.« Auf der dazugehörigen Karte kann er sehen, wie nahe der Krieg ist. »Thai military sources said the outpost opposite Ban Klong Namsai had been shelled by Vietnamese 105 mm and 130 mm artillery pieces since Wednesday night. The area contained about 600 Khmer Rouge fighters. The sources said the Khmer Rouge, remnants of the 474th division, set fire to their outpost and destroyed their ammunition dump before withdrawing and melting away into guerilla bands. Plumes of black smoke billowed above the outpost and explosions were clearly heard in this border town.« *Billowed.* Er sieht es vor sich, plumes of black smoke. »Thai villagers living near the border were yesterday warned to refrain from dressing like the Khmer Rouge or run the risk of being mistaken for Vietnamese infiltrators and shot, since some Vietnamese spies had disguised themselves as Khmer Rouge men, wearing green uniforms and caps and Ho Chi Minh-style rubber sandals.« Der Krieg, den wir vergessen haben, ist noch immer nicht vorbei, denkt er. Er schwelt bloß.

Versöhn die Bilder. Denkt er das jetzt nur oder hat die Stimme es noch einmal gesagt? Schwarzer Rauch über fernen Hügeln, Tod und Unheil, die Gummisandalen eines fortgesetzten Krieges und dann, hier, wo er sich gerade befindet, drei goldgekleidete Tänzerinnen, die ihre beringten Füße seltsam schief auf den staubigen Boden setzen, die Hände in der erhitzten Luft drehen, als seien es einzelne Tiere. Er ist von seinem Hotel aus die Sukhumvit hinuntergegangen, schneller als der Verkehr, der, in seine eigenen Gase gehüllt, nichts anderes tun kann als kriechen, stoppen, kriechen und dabei aus allen Hupen schreien. Er kommt an den Läden der Sikhs vorbei, die ihn hineinlocken wollen, um Hemden, Schuhe, Hosen für ihn zu machen, an Reisebüros, die Reisen in exotische, niedere grüne Länder Europas verkaufen, jenen fernen Westen. Er hat keinen der überfüllten Busse bestiegen, er läuft und läuft heiße Kilometer zwischen sanftmütigen Millionen und gelangt jetzt plötzlich an die Riesenkreuzung zweier Verkehrsströme, die langsam und verbissen ineinanderdringen. Dort stehen Soldaten, und er wundert sich, Thai-Gesichter werden brutal und angespannt unter den zu großen Helmen, die Anmut ist weg. Dann hört er Musik und sieht die Tänzerinnen, im selben Moment aber auch, weil sein Auge so gemacht ist, die Preisliste. Lesen kann er sie nicht, aber es muß eine Liste bestellter und erbrachter Dienstleistungen sein, hier wird getanzt und gespielt für Geld. Es könnte eine Kirche auf Sizilien sein, mit all dem Knien, Verbeugen, Flehen, Beten, Flüstern: Nur sieht er keine Heiligen, sondern Elefanten, überall Elefanten, die mit dünnem Blattgold belegt werden und einen sechsarmigen Gott flankieren, nur – wer ist dieser Gott?

»Spielt keine Rolle«, sagt die Stimme, und das stimmt, ein Name – gelernt und vergessen, einfach eine goldene Figur, eine Manifestation des Göttlichen, eine Instanz, die man um etwas bitten kann, für die man jemanden tanzen lassen kann. Er schaut auf die Rätselzeichen und die Beträge dahinter, Monatsgehälter oder mehr, und dann wieder auf die Gesichter, die verbissene Gefräßigkeit darin, die festverklammerten Hände mit den Blumengirlanden, die mit Gold bedeckten Fingerspitzen alter Frauen, die sich zu den Elefanten und dem Gott dort oben rekken. Und die ganze Zeit geht die Musik weiter, wandert Geld von Hand zu Hand. Es ist eine Musik, die nirgends hinführt, oder, besser gesagt, es ist nicht zu erkennen, genau wie bei einem großen Fluß. Eine Art Xylophon, eine an beiden Seiten bespannte querliegende Trommel, die mit beschleunigtem und dann wieder verzögertem Herzschlag den Fluß skandiert, und die Tänzerinnen, die ihre Figuren in den Raum stellen, sich selbst in der leeren Luft zu immer wieder anderen Bildern formen, wobei sie in den Ringen an ihren zu weit zurückgebogenen Fingern mit den ach so langen, in der Welt nicht vorkommenden beperlten Nägeln Licht einfangen. Später, als er schon lange dort gestanden hat, die Hände an den Stäben des Gitters, das ihre Außenwelt von der seinen trennt, kann er sie besser sehen. Ihr Ruheplatz ist ganz nahe bei seinem Standort. Lebende Wajang-Puppen sind es, fast noch Kinder. Die Beine, die Bewegungen ausführen können, die niemand anders ausführen kann, liegen ausgestreckt da, müde. Sie haben die hohen, dreikronigen Kopfputze abgesetzt, die Ringe und Fingernägel abgenommen und damit das Mädchen, das sie auch sind, aus den eben noch so hieratischen Gestalten geschält. Tempeltänzerinnen, Vestalinnen, und neben sich eine gelbe Plastiktüte aus irgendeiner Boutique, die Gesichter noch bemalt mit den Konventionen, die zu äußeren Formen der Heiligkeit gehören, Farbe, die erzählt, daß es sich hier um Wesen einer anderen Ordnung handelt, Wesen, die tanzend zum Göttlichen vordringen, bis in den Bereich, in dem man etwas erbitten kann.

»Was du nicht sagst«, höhnt die Stimme, aber diesmal läßt er sich nicht so leicht ab-

lenken, auch wenn er zwischen Helmen und *tuktuks* steht. Und außerdem, wie lautete noch gleich der Auftrag? So versöhnt er doch den Gestank mit dem Weihrauch, das von den kleinen Spiegeln auf diesen Mädchenbrüsten reflektierte Sonnenlicht mit dem schwarzen Qualm aus den Stadtautobussen wie schwarzer Rauch über den Hügeln? Und überhaupt, was hat es für einen Sinn, die Vergangenheit zu leugnen, in welcher auf Abwege geratenen, käuflichen, unzüchtigen Form sie hier auch herumirren mag? Was ist übrigens verkehrt an »heilig«, warum hat dieses Wort die falschen Kleider an, und warum ist *sakral* überall willkommen? Und selbst dann, warum darf einen etwas nicht als Vergangenheit faszinieren, ohne daß man gleich den Verdacht auf sich zieht, im heutigen Leben ein holistischer Schwärmer zu sein?
»Hm.« (Die Stimme ist ungeduldig.)
Soll sie doch ungeduldig sein. Dies ist etwas, was ihn beschäftigt. Und eine gewisse Gültigkeit kann man seinen Gedanken nicht absprechen, zumal jetzt nicht, wo die Tänze-

rinnen ihre geweihten Kopfputze wieder aufsetzen und die Trommel heftiger schlägt, als wolle sie den Argumenten des Reisenden Nachdruck verleihen.

»Es gibt einen Essay . . .«

»O Gott.«

Er beschließt, sich nicht stören zu lassen.

»*Conceptions of State and Kingship in South-East Asia* . . .«

»Du dozierst. Sieh dich lieber um.«

»Tue ich doch.«

»Was wolltest du denn sagen?«

»Daß man hier oder, besser gesagt, daß man in Indien früher von einem Parallelismus zwischen dem Universum und der Welt ausging. Der Staat hatte die Aufgabe, das Leben der Menschen in harmonischen Einklang mit dem Universum zu bringen. Das war schon in Babylonien so und kam von dort nach Indien und später hierher. Hier findet man es noch überall – in den Fürstentiteln, in der Art und Weise, wie Städte wie Ayutthaya angelegt wurden. In der Symbolik, die man im Tempelbau, in rituellen Gebräuchen bemerkt . . .«

»Und?«
»Und das ist hier zu sehen. Der Schatten eines Schattens von . . .«
Er achtete jetzt nur noch auf die Hand einer der Tänzerinnen. Es erinnerte ihn an die Tempeltänze auf Bali. Jede Sekunde nahm die Hand eine andere Haltung ein, und er wußte, daß jede eine Bedeutung hatte. Daß er sie nicht kannte, war nicht weiter wichtig. Daß es so war, schon. Die Skulpturen, die die lebende Hand aus Fleisch und biegsamen Knochen formte, konnte man an Tempeln in Indien, auf Java, in Kambodscha sehen. Daß diese Hand vergänglich war, machte es nur noch reizvoller, der vulgäre Kontext dieser Kreuzung vermochte es nicht zu mindern. Nicht für ihn. Die drei Tänzerinnen formierten sich jetzt zu einem kleinen Zug, als magisches, goldenes, glitzerndes Tier mit sechs Füßen umkreiste er den sechsarmigen Gott.
Die Stimme kicherte, und er wußte sofort, was der diese Stimme umschließende Kopf dachte.
»Es gibt viele Tänzerinnen in Bangkok.«

Darauf wollte er nicht eingehen. Das war zu billig. Aber damit hatte die Stimme nun doch dieses andere Bild zwischen seine Gedanken geschoben. Ein paar Tage zuvor hatte sein Freund, der Maler, ihn in eine kleine, dunkle Bar mitgenommen, eher eine Art Spelunke mit blutfarbener Beleuchtung. Dort kannte man den Maler und begrüßte ihn fröhlich. Zwei Humpen Bier standen sogleich im Halbdunkel vor ihnen. Der Maler war an diesem Abend glücklich, und Glück hat die Eigenschaft, die Welt ringsum etwas farbiger zu machen. Ihm selbst ging es an diesem Abend etwas weniger gut, so etwas kommt vor. Ein paar Mädchen hatten sich zu ihnen gestellt, auf einmal lagen kleine Hände auf seinen Armen, Schultern, Schenkeln, zwischen den Beinen. Stimmen wie Glöckchen, das schon. Can we this, can we that. Er legte die Hände geduldig wieder an ihren Platz zurück, und das war irgendwo in der Luft, am Ende ihrer sich bewegenden Arme. Dann hatte er in dem Spiegel gegenüber das Mädchen gesehen, das hinter ihm tanzte. Sie trug einen Bikini mit einer zu großen Hose und machte lustlose Bewegungen zu den ständig wiederkehrenden Schlägen der Discopeitsche. Ihr Gesicht war so leer, daß man gut einen Kilometer hineinschauen konnte. Das hatte ihm große Angst eingejagt, oder, wer weiß, vielleicht auch Abscheu. Er hatte sich entschuldigt und war gegangen. Draußen hatte er sich schuldig gefühlt, und jetzt, wo die Stimme ihn zwang, diese beiden asiatischen Gesichter zu mischen, das vom Krebs der Abwesenheit angefressene Gesicht der Nachtclubtänzerin und das sich bewegende Bild hier vor ihm, kehrte das Gefühl des Abscheus wieder zurück. Diese Bilder ließen sich einzig und allein deshalb miteinander versöhnen, weil beide als Wirklichkeit in dieser Stadt existierten, doch das geschah auch ohne ihn, dazu brauchte er im Moment nichts zu tun. Er drehte sich um und sprang auf den erstbesten Bus. Das Mädchen mit den Fahrscheinen war gleich bei ihm. Sie hob ihr schmales Gesicht, und er gab ihr zu verstehen, soweit es ihm möglich war, daß er bis zur Endstation mitfahren wolle. Ob ihr Lachen bedeutete, daß die Endstation besonders weit oder besonders nahe war, wußte er nicht, zumindest bekam er nur einen Fahrschein. Daß er gleichzeitig auch die Stimme vom Bretterzaun hörte, machte ihm im Augenblick nichts aus. Seinem Gefühl nach war es im übrigen die Stimme, die mit *ihm* in den Bus gestiegen war. Er betrachtete das Gesicht des Mädchens. Wenn er es recht sah, befand es sich auf einer Wertskala, die er nicht eichen konnte, genau in der Mitte zwischen den beiden anderen Gesichtern, mit denen er sich gerade beschäftigt hatte. Keine Leere und keine Erhabenheit. Einfach jemand, der arbeitete, Fahrscheine in einem Bus verkaufte. Er fragte sich, wieviel sie damit verdiente, viel würde es wohl nicht sein. Jedesmal, wenn der Bus gehalten hatte, gab sie, nachdem alle ein- und ausgestiegen waren, einen lauten Schrei von sich, der bedeutete, daß der Fahrer weiterfahren konnte. Ihm wurde klar, daß der also keinen Seitenspiegel hatte. Der Schrei gefiel ihm, er glich dem Laut, mit dem man Wild aufscheucht. *Kwan sanuk*, hatte er gelernt, Spaß haben bei dem, was man tut. Den hatte sie, und der Fahrer auch, immer wieder steuerte er das große Ding quer in den Verkehrsstrom, als tanze er einen Walzer damit. Der restliche Verkehr kräuselte sich dann beiseite, hupend und gestikulierend, die Fahrgäste hielten sich an Lehnen und Stangen fest und tanzten mit. Neben dem Reisenden stand ein uralter Pfadfinder mit ohrenbetäubend blankgeputzten Schuhen, unter ihm ein Schulmädchen in tiefem Schlaf, der Kopf fiel nach allen Seiten. Er fragte sich, was sie wohl träumte. Draußen rollten immer wieder andere Straßen unter ihm hinweg, er sah Geschäfte mit weißen, glänzenden Särgen, Geschäfte mit Buddhafiguren, Geschäfte mit unbegreiflichen Gegenständen.

Überall Menschen, die Gattung war noch lange nicht ausgestorben und sprudelte aus engen Gassen in die breiteren Straßen, verteilte sich über Plätze und Märkte, malte sich auf die Rasenfläche vor dem Königlichen Palast, trieb zum Fluß, strömte an der Schleuse einer Verkehrsampel zusammen. Dies war nun wirklich Masse, dachte er, all

diese schwarzen, über den vollen Gehwegen schwebenden Köpfe, wogende schwarze Blumenfelder. Es fiel ihm zum erstenmal auf, daß *alle* schwarze Haare hatten. Nur alte Leute nicht, die waren grau. Aber in diesem Schwarz, so schien es, gab es keine Nuancen, keine Schattierungen von Braun oder Rot, wie in Europa, kein Asch- oder Kupferblond, Flachshaar, Rostbraun, Pfeffer-und-Salz, kein Kraushaar oder Rasta, nein, ausschließlich und überall Schwarz, das, zumal bei der Geschwindigkeit, mit der sie daran vorbeifuhren, aus dieser Menge ein Ding machte, verwehrte, daß man Einzelne herauslöste. War das unheimlich? Nein, das nicht, aber einsam machte es einen schon, zumindest zeitweilig.
Er sah sich in dem Bus um. Schwarz, schwarz, schwarz, schlafend, passiv mit undurchdringlichen Mienen hinausstarrend, müde, in den Schlaufen hängend, unwürdig wackelnd, Körbe zwischen die Knie geklemmt, Gedanken in einer Sprache denkend, die er nicht verstehen konnte, ihn nicht anschauend, so als ob er gar nicht da

sei. Plötzlich hatte er das Gefühl, daß ein Spotlight auf sein blondes Haar gerichtet war und sie ihn deshalb nicht anschauten, weil es so lächerlich war. Aber auch dieser Gedanke verebbte wieder in der Hitze, in einem Blick auf den Fluß in der Ferne, im Erkennen eines Gebäudes und im anschließenden Nicht-mehr-Wissen, wo er sich befand. Die Endstation! Er wäre ja verrückt. Als er draußen über ein paar Läden chinesische Schriftzeichen sah, stieg er aus. Chinatown, sofern man das hier auch so nennen konnte.

Jetzt gehörte er selbst zu der Menge, und er beschloß, sich ihr auszuliefern, sich wie Wasser zu verhalten, keinen Widerstand zu leisten, mitzufließen, im Geiste schwarze Haare zu haben, durchscheinend zu sein wie das Wasser um ihn. Er spürte, wie er ans Ufer geschwemmt wurde, zu einem Laden mit großen dreieckigen getrockneten Haifischflossen, doch er konnte nicht stehenbleiben, er wurde mitgesogen, um eine Ecke herum, hinein in einen Seitenarm, einen dunklen Flußlauf. Hier könnte er nicht einmal dann stehenbleiben, wenn er wollte, und doch, dies war die Welt, die er vielleicht am meisten liebte, die der Waren. Im Dahintreiben versuchte er, alles für sich zu benennen, alles Eßbare, das er in den halbdunklen Spelunken sah, Krabben in Plastikeimern, übereinanderkrabbelnde kleine schwarze Schildkröten, Fische mit Mafiaköpfen, Schlangen, rotgemalte Schweinsohren, polierte Muscheln, gepökelte Rindsfüße, Knollen wie Teufelsnasen und Kräuter wie Engelshaar, *matter*, Vielfalt, und damit Kultur. Er verfluchte die Armut der sogenannten Ersten Welt, der er entstammte, und die eines Tages, wie das Gesetz es will, die letzte sein würde, weil das Wohlbehagen aus ihr verschwunden war. Er sah auf die Hände, die dies alles geordnet und aufgeschichtet hatten, Gelb zu Gelb, Rot zu Rot, den Raubfisch zu seinen Opfern, das Nasse neben das Getrocknete, die Gemüse, die er kannte, neben die Gemüse, die er nie kennen würde, die toten, lackierten Enten neben ihre lebenden Küken, das Rohe neben das Gekochte, die Kräuter zum Gesundwerden, oder, wer weiß, zum

Sterben – eine ganze Schöpfung im Angebot. Und so sah er auch, während er von der Menge mitgeschwemmt wurde, die Menschen in den Buchten, von Neon oder flakkernden Lampen beschienen, magere Männer in schwarzen kurzen Hosen, die Eis zerhackten, Frauen, die Fische mit Wasser besprenkelten oder Fliegen verjagten, alte Männer in geheimnisvollen Zusammenballungen unter den Porträts noch älterer Männer, andere alte Männer, die mit Mah-Jongg-Steinen klapperten, und dann, als hätte der Strom Mitleid mit ihm bekommen, spülte er ihn an einer freien Fläche an Land, einem Eßmarkt, und er setzte sich zu einem lachenden Mann, der in wohl zwanzig *woks* gleichzeitig rührte. (Ein *soi* ist eine Straße, ein *klong* ein Kanal, ein *wat* ein Tempel, ein *bath* ein Geldstück, ein *wok* eine runde, gewölbte gußeiserne Schale, in der man ständig rühren muß, weil die Sachen sonst anbrennen.)
Er zeigte auf einen Fisch, der immer noch wütend war, weil man ihn gefangen hatte, und als der Fisch zehn Minuten später, bis

zur Unkenntlichkeit verändert, in einer Soße mit der Farbe und Konsistenz von Blut wiederkam, fühlte er sich auf unklare, aber doch überzeugende Weise mit dem Südchinesischen Meer oder dem Golf von Bengalen verbunden. Chinesisch hing über ihm wie ein Baldachin aus Lauten. Er sah die Welt dunkel werden. Das geht sehr schnell in den Tropen. Ein Mann ließ einen Korb mit nackten Hühnern auf den schwarzen glitschigen Asphalt fallen, aber das sah er jetzt durch die Goldfarbe des Mekong, den er in sein Sodawasser hatte fließen lassen. Er war zufrieden. Sein rotes Buch ließ er in der Tasche. Es war doch vergebliche Liebesmüh. Einen Ozean kann man nicht aufschreiben. Er saß da in einer Ecke unter einer sanft hin und her schwingenden Karbidlampe und trieb auf der Welt dahin, die sich nicht um ihn kümmerte. Sich lösen, man brauchte es nicht selbst zu tun. Man konnte auch gelöst *werden*. Abgekoppelt. Er sah auf die chinesischen Zeichen, konzentrierte sich auf eines von ihnen und fragte sich, welchen Weg es zurückgelegt hatte, ehe aus einem Ding die

Abstraktion geworden war, die dieses Ding jetzt bezeichnete. Danach bestellte er sich ein Eis.
»Wurde auch Zeit«, sagte die Stimme.
»Fuck you«, antwortete er. Das Gesicht am Bretterzaun konnte er jetzt nicht sehen, aber daß sie beide lachten, wußte er genau.

Das TT-Guesthouse muß in der Nähe der Si Phraya Road liegen, aber der *tuktuk*-Fahrer kann es nicht finden. Später zeigt Adelheid ihm, daß an strategisch wichtigen Punkten kleine Schilder mit TT-Guesthouse angebracht sind, aber die hat er natürlich wieder nicht bemerkt. Statt dessen verirrt er sich auf ein Tempelgelände, gerät in ein Stück Niemandsland, das gar nicht so »niemand« ist, denn irgendwo thront immer ein Buddha, der ihn allein dadurch auslacht, daß er ihn nicht auslacht, fragt zwei Mädchen nach dem Weg, die eine Bahn goldener Seide unter der Nadel einer alten Singer hin und her schieben, und gelangt auf einen so schmalen Weg, daß er glaubt, gleich unweigerlich auf den Hof von irgend jemandem zu geraten. Die kleinen Häuser, an denen er vorbeikommt, sind aus Holz, niedrig und dunkel, es riecht da nach Holzkohle, er kann hineinschauen und sieht eine Frau, die, auf einer Matte zusammengerollt, auf den tanzenden Fleck eines kleinen Schwarzweißfernsehers starrt. TT? fragt er trotzdem noch einmal, und sie schickt ihn weiter, ebendiesen Weg entlang, und dann ist er plötzlich da. Hierher kann kein *tuktuk* fahren, geschweige denn ein Taxi.

Jugendherberge, schießt ihm als erstes durch den Kopf, und es scheint zu stimmen. Adelheid und ihre Freundin Tineke erzählen, daß sie vor Mitternacht im Haus sein müssen. Um einen großen Tisch sitzt gemischtes, frischgewaschenes Vagabundenvolk, ein kurzhaariger fanatischer Schotte liest dem letzten Blumenmädchen der westlichen Welt sein Reisetagebuch vor. Er kennt all diese Typen, den Franzosen mit den zu kurz abgeschnittenen, absichtlich ausgefransten Jeans, die eng um seinen Marshügel gemeißelt ist, den wettergegerbten alten Wandervogel aus Westfalen, die Frauensleute in den Flatterkleidern wie einstens Isidora Duncan, die künftigen Genies mit ihren vollen Notizbüchern, die Barfußläuferinnen, die Körnerfresser, die Heiligen der letzten Tage. Er kennt sie, denn er hat schon einmal gelebt. In einer Ecke steht der Fernseher, den er durch

das Telefon gehört hat, und um ihn schart sich die Thai-Familie, die dies alles führt, für die Welt verloren bei einem einheimischen Drama mit großen Augen und schmerzlichen Stimmen. Liebe, darum geht es, und um die Ecke lauert der Tod.
Bevor das Leid zuschlägt, verlassen sie das Anwesen über wieder andere labyrinthische Wege. Sie sind nicht weit vom Oriental und trinken dort Kaffee zwischen den Amerikanern. Das kostet, sagt Tineke, soviel wie eine komplette Mahlzeit für zwei Personen in einem der Thai-Restaurants in der Nähe. Ihm gefällt es ganz gut, jetzt Gesellschaft zu haben. Tineke hat seine Größe und ein nordholländisches Lachen, Adelheid wird im Straßenbild zu einem goldenen gotischen Buchstaben, jeder will ihn lesen. Sie nehmen ein Boot, das in Richtung Nationalmuseum fährt, und berichten sich gegenseitig von ihren Erfahrungen. Auch A. und T. haben die Mädchen an der Kreuzung vor dem Erawan Hotel tanzen sehen, doch sie sind ihm einen Schritt voraus. Die sechsarmige Götterfigur ist der Brahmanengott Sarn Phra Prom. Der

Elefant ist sein Tragtier, daher bekleben die Leute ihn mit Gold oder schenken ihm kleine Holzelefanten. Er lernt viel. Man darf Kinder nicht über den Kopf streicheln, denn der Kopf ist heilig. Füße sind das Niedrigste, was es gibt, daher darf man nie mit den Füßen zu einer Buddhafigur sitzen. Und wenn ein Mann eine Frau in der Öffentlichkeit berührt, ist sie für einen Thai gleich eine Hure. Daran sollte er denken, meinen sie. Er auch. Und nie einen Kopf aus Versehen berühren, sagen sie noch. Er will sein Bestes tun, aber in Bussen ist das schwierig. Und Reis ist *kao*. Gekochter Reis *kao plau*. Gebratener Reis *kao pat*. Fisch ist *plah*, Schwein *muh*, Garnelen *gung*.
»Ich ist hier etwas anderes für Männer und Frauen«, sagt Tineke, »ein anderes Wort.« Sie kommen überein, das sei eine gute Idee, schließlich sei es etwas ganz anderes, wenn eine Frau »ich« sagt, als wenn ein Mann das tut. Oder nicht? Sie wissen es nicht so recht, jedenfalls sei es hier nicht üblich, von »ich« zu sprechen. Von »du« übrigens auch nicht. Die Gruppe sei wichtiger als der Einzelne

und die Sprache spiegele das wider. So steht es im Reiseführer, aber es ist schwer, sich darunter etwas vorzustellen. Darin sind sie sich einig. Was macht man denn, wenn einem etwas weh tut oder wenn man verliebt ist? Dann kann man doch schwerlich von »man« sprechen. Was tun sie dann? »Beim Sterben ist es wohl leicht«, meint Adelheid. »Wenn du nicht so wichtig bist, stirbt auch nicht so viel.« Vielleicht begreifen wir es einfach nicht richtig, stellen sie zum Schluß fest. Eine Sprache ohne das Wort »ich«, das ist natürlich nicht möglich, finden sie alle, doch was soll man damit, wenn man es eigentlich nicht verwenden darf? Vielleicht hat es etwas mit dem Glauben an die Wiedergeburt zu tun. Wenn du weißt, daß du (zweimal »du«) doch wiederkehrst, spielt es vielleicht keine so große Rolle?
Er denkt an das erste Mal, als er im Nationalmuseum war, vor ein paar Tagen. Es gab eine Führung zum Thema Buddhismus, und zwischen amerikanischen Studenten mit Kugelschreibern und Notizblöcken war er hinter einer Französin hergetrottet. Anfangs

dachte er noch, es gehe um Blutwurst, weil sie die ganze Zeit von »boudin« redete, aber später hatte er begriffen, daß dies ihre Art war, »Buddha« auf englisch auszusprechen. Trotzdem hörte er weiter »Blutwurst« und war daher auf gut Glück allein an den Statuen entlanggewandert. Etwas, was die Französin gesagt hatte, war immerhin hängengeblieben. Bei der Wiedergeburt werde man nicht selbst, die Person, in anderer Gestalt wiedergeboren, nein, das Gepäck gehe weiter, werde gleichsam wie bei einer Flugreise, bei der man umsteigen müsse, vorausgeschickt. Gepäck, das hatte ihm gefallen. »Zere ies no soul«, hatte sie gesagt, »zere ies only bágage, and ze bágage ies promoted.« Er hatte in jenem auf Kriegspapier gedruckten Büchlein nachgeschaut, das er auf einem Markt gefunden hatte, *Thai Religion*. Ganz klar war es ihm auch da nicht geworden. »Buddha discovered«, stand da, »that there is no soul, and only Karma survives after death. Karma can be described as the force which determines our circumstances in this life and fashions our conditions in the fu-

ture.« Er glaubte es nicht, doch es hatte einen angenehmen Klang. »It is the energy which survives man at death and links this life with the next. If there is no Karma, then there can be no rebirth. Neither the mind nor body is reborn, only the powerful energy of Karma.« Er erinnerte sich, vor nicht allzu langer Zeit etwas über Gene gelesen zu haben, die sich unseres Körpers nur vorübergehend auf dem Weg zu »etwas anderem« bedienten, die einfach damit beschäftigt seien, zu überleben, mit uns als Zwischenstation. Auch das hatte ihm gefallen. Der Körper als Durchgangsstation für eine unbekannte Größe. Dann war die Idee des vorausgeschickten Gepäcks als Metapher gar nicht so schlecht.
Das Boot hupte. »Wir müssen raus«, sagte Adelheid. Die Stimme hatte sich bisher noch nicht in das Gespräch eingemischt. Das Museum kam ihm jetzt vor wie ein Haus mit alten Bekannten. Der Soldat, der die Eintrittskarten (5 *baht*) abriß und vor dem er insgeheim etwas Angst hatte, stand immer noch da, und auch all die Buddhas, die die

Jahrhunderte überdauert hatten, konnten sich seit dem vorigen Mal nicht bewegt haben. Er hatte jetzt auch seine Favoriten, wie zum Beispiel diesen stehenden aus dem Jahr 1482, der den rechten Fuß so babylonisch vorstellte und ihn im Boden abdrückte wie in einer Tontafel. Seine Arme hingen senkrecht zur Erde, und er beugte sich leicht vor. Dieser Schritt dauerte nun schon fünfhundert Jahre, und nichts hatte sich bewegt:

Entering the forest he moves not the grass
Entering the water he makes not a ripple.

Die Augen waren auf die Erde gerichtet, die *unisha* stand wie eine Lotusknospe auf dem spitz zulaufenden, geschmiedeten Haar, Licht schimmerte auf der Bronze. Es kam von draußen, dieses Licht, aber es hatte den Anschein, als käme es von innen, als befände sich in dieser kleinen, geschlossenen Figur eine Lichtquelle, die den Buddha, wenn er wollte und wenn sie nicht da waren, schweben lassen könnte. Er dachte an die Nächte in diesem Museum, an die Stille. Da konnte man wohl erschauern. Es gab nun einmal

Worte wie Erhabenheit, Weisheit, Loslösung, und zu Worten gehörten Begriffe, und wenn diese Begriffe jemals Ausdruck in Materie gefunden hatten, dann hier. Man kam nicht *hinein*, in diese Gesichter. Sie konnten sich in den fünfhundert, sechshundert, siebenhundert Jahren nicht verändert haben, seit sie geschaffen worden waren, und Zeit war ohnehin keine Kategorie für das Denken oder die Abwesenheit von Denken, die diese Köpfe und Haltungen umgab. Aber er selbst, er, der Betrachter, hatte, und wenn auch nur aus dem Grund, daß es für ihn davon so wenig gab, durchaus etwas mit Zeit zu tun, und etwas, die allergeringste Abnutzung, das kleinste, nicht meßbare Verstreichen, mußte diese Figuren doch verändert haben? Mehr als in irgendeinem anderen Museum hat er das Gefühl, er dürfe in Zeitschichten umherstreifen, doch Schichten ist vielleicht nicht das richtige Wort, weil es ein Hinauf und Hinunter voraussetzt, und so ist es nicht. Das Rad des Gesetzes aus dem alten Königreich Dvaravati, das im siebten und achten Jahrhundert mitten in Thailand lag,

die pharaonisch gekleideten Wischnus aus noch früherer Zeit, der durchgeistigte Buddha mit den Schlangen, die ihn, als vielköpfiger Schirm, vor dem Ertrinken gerettet haben – eines findet seine Fortsetzung im anderen, und so kann er sich umdrehen, zurückgehen, hin- und hergehen in der Zeit, seine vergängliche Anwesenheit unter das mischen, was um ihn her in Stein und Bronze unvergänglich scheint.
Die drei Reisenden haben sich in diesen Räumen voneinander getrennt. Als er wenig später aufschaut, sieht er, wie die beiden anderen sich als Kunstwerke im nächsten Saal postiert haben. Adelheid hat sich über etwas gebeugt, das er nicht sehen kann, und richtet sich dann wieder auf, selbst eine Statue. Für lebende Menschen spricht auch einiges. Sie können zwar keine fünfhundert oder fünftausend Jahre alt werden, dürfen dafür aber ständig ihren Ausdruck ändern. Sie blickt jetzt, vielleicht nur von ihm beachtet, in von draußen hereinfallendes Licht und macht ihre Freundin auf etwas aufmerksam. Die Statuen, die sie umgeben, lassen sie jetzt

selbst zu einer Skulptur werden, höher als die ringsum, eine Sibylle, doch was prophezeit sie?
»Das reicht mal wieder«, sagt die Stimme. Er gehorcht und dreht sich um. Als er glaubt, niemand schaue zu, legt er seine profane Hand um einen der beiden Paradiesmonde einer indischen Tempeltänzerin und stellt sich vor, wie diese Figur da gestanden hat, in der sengenden Sonne, hoch oben in einer Tempelwand, Erotik allen Augen entgegenstrahlend, die je zu ihr hinaufgeschaut haben. Die Brust fühlt sich kühl in seiner Hand an, aber diesmal ist er es, der gesehen wird, denn er hört, wie Adelheids Stimme hinter ihm sagt: »Aha, erwischt, der Herr. Zur Strafe soll deine Hand jetzt auch zu Stein werden.« Er fragt sich, wie das wohl wäre, nicht nur seine Hand, sondern er ganz aus Stein, für immer in dieser Haltung eingefroren. Würde er sein Leben dafür hergeben, um, allerdings in Stein, Tausende von Jahren alt zu werden? Er meint, nein.
Der logische Weg des Museums führt vom Göttlichen zum Königlichen, von Plastiken

zu Plunder. Lanzen, Elfenbeinsänften, ein »Laotian alphabet typewriter presented by American missionaries«, Tafelgeschirre, Palankine, derart kleine Uniformen, daß man sich nicht vorstellen kann, sie paßten jemandem, Schmuck, alte Fotos, alles unwiderruflich Vergangenheit. Gewehre, so lang wie Lanzen, präparierte Stücke weißer Elefant, »the drum of Justice made in 1837«, der zusammenklappbare Feldstuhl König Ramas I., und dann, im letzten Saal, die »Royal Funeral Chariots«. Möglicherweise gibt es auf der ganzen Welt keine merkwürdigeren Fahrzeuge. Zwei stehen da, und sie haben Namen. Maha Phichairatcharot und Wechayanratcharot. Letzterer wird noch immer bei der Einäscherung von Königen und Königinnen benutzt. Das kann man auf Fotos sehen. Alten Fotos. Eine endlose Prozession von Höflingen, gekleidet in etwas, was wie englische Kolonialuniformen aussieht – Stiefel, galonierte weiße Hosen, Zweispitze mit Federbusch –, biegt um die Ecke auf dem Weg zum Museumsvorplatz. Irgendeine Vorzeit, das Foto ist schwarzweiß, wie versengt, mitgenommen, als wolle es damit zeigen, daß jeder der darauf Abgebildeten tot ist. Und in der Mitte dieses Fotos steht Wechayanratcharot. Sein Gold ist jetzt grau, aber wenn man zwischen dem Foto und dem echten Objekt so nahe vor einem hin- und herschaut, kann man es sehen. Er überragt alles; obendrin befindet sich die goldene Urne, in der der Leichnam in Embryohaltung zusammengekauert hockt. Höher als ein Nashorn auf zwei Elefanten, breiter als vier Nilpferde, das Knarren der goldenen Holzräder, das würde er jetzt gern hören. Auch die Urne steht in diesem Raum, und ein Führer erzählt, wie der Leichnam in die Kindshaltung zurückgedrückt wird und dann darin bleibt, von niemandem mehr gespeist, im nicht vorhandenen Fruchtwasser des Todes, bis die Astrologen sagen, daß er verbrannt werden darf. Manchmal erst neun Monate später. Die Flüssigkeit, die der Leichnam absondert, wird täglich von einem Mönch in einer Silberschale aufgefangen, mit Weihrauch versetzt und verbrannt, bis nichts mehr übrig ist als eine Mumie, eine vertrocknete Königspuppe, ein zu großer, gegerbter Fötus in einem goldenen Gefäß. Später, an einem anderen Abend, als der Reisende bei dem Botschafter seines Landes zu Besuch ist, hört er mehr davon. Es ist, wieder einmal, ein kolonialer Abend. Er ist von Wächtern eingelassen worden und unter dem Wappen seines Landes die Auffahrt entlanggegangen. Ein Teich mit Fröschen, aufgeblasen quakend. Tropische Blumen wiegen sich im Wind, der vom Fluß kommen muß, in der Residenz ist es weit und kühl, als gäbe es das Bangkoker Chaos nicht. Der Botschafter ist ein Dichter, er kann gut erzählen. Vor acht Monaten ist die Witwe eines früheren Königs verstorben, das diplomatische Corps war eingeladen, der Beisetzung der Urne, falls man das so nennen darf, beizuwohnen. Der Leichnam der alten Königin wurde in einem Jutesack hereingetragen, bereits in der Haltung, in der er nun neun Monate bleiben sollte, Zeit genug, um eine goldene Stellage zu bauen, in die man die Urne für die Verbrennung setzen konnte. Der König mußte diese Zeremonie persönlich leiten, und daher durfte die Stellage nicht allzu hoch sein, denn zu dem Ritual gehört auch, daß der König immer wieder die hohen, steilen, goldenen Treppen hinauf- und hinunterschreitet, und dieser König ist nicht gesund. Dies alles geschieht bei Tage, und bei Tage ist es in Thailand heiß. Der Reisende hat sich das angehört und genickt, er hat die Stellage in einem großen Schuppen neben dem Museum wachsen sehen. Man hat eine Flugzeughalle darum herumgebaut, um die Lackierer, Goldmaler und Kunstschreiner vor der Hitze zu schützen. Aus einem Raum in der Nähe dringen die Klänge eines großen übenden Chors, langgezogene, weich modulierte Töne vieler hoher Stimmen. Hier, beim Gold, herrscht ein anderes Zeitalter. Die Könige sind noch Götter und dulden selbst im Tod das Volk nur in erdfarbener Tiefe. Einer der Kunstschreiner schaut auf und lacht. Er sieht aus wie das, was er ist, ein namenloser Kunstschreiner, derselbe, der so viele hundert Jahre zuvor am Maha Phichairatcharot gearbeitet hat. Der König hat einen Namen und eine Zahl.

Selbst sein Totenwagen hat einen Namen. Namenlos ist der Kunstschreiner. Er lacht, einen kleinen goldenen Turm der Königspracht in den Händen, und die drei Reisenden, die auf diese Entfernung ebenso namenlos sind, lachen zurück.

Den Rest des Tages widmen sie Tempeln, aber sie tun es leichtfüßig. Sie werden sich von all dem Gold und Glanz umringen lassen, sie werden mit bloßen Füßen über glänzenden Marmor und glänzendes Mahagoni wandern, Mönche und Fabeltiere gleiten zu ihren Augen hinein und hinaus, sie essen an einer Bude neben einer Tempelmauer, sie wiegen sich in der Weisheit der nicht mehr gezählten Buddhas, und am Ende des Tages sind sie müde. »Look here!« steht an einem kleinen, in einer Ecke des Wat-Pho-Tempelbezirks versteckten Gebäude. »Look here! All of you, here is one of the most famous fortune tellers of Thailand you are able to check your destiny of your life every problem all of you welcome good luck to you.«

»Daneben«, sagt Adelheid, »ist ein Häuschen, in dem man sich von alten Damen massieren lassen kann.« Sie hatten es einmal gemacht, es kostete nur 100 *baht* die Stunde, und wenn man wieder herauskam, schwebte man. Es reizt ihn schon, aber erst will er doch noch den liegenden Buddha sehen. A. und T. gehen nicht mit, sie sind von Gott und Gold gesättigt. Er tritt allein in das dunkle Gebäude, das um die Figur herumgebaut ist. Sie liegt langausgestreckt da, überall, durch jede Öffnung zwischen Säulen und Nischen sieht man ein Stück Gold von ihm. Neunundvierzig Meter lang, so liegt er da, das Riesenhaupt in der Riesenhand, in seinem endlosen goldenen Schlummer. Ja, Gold ist ein Wort, um das man hier nicht herumkommt. Er beschließt, als erstes zum Kopf zu gehen. Durch eine der riesigen hohen und dicken Luken sieht er, wie draußen ein junger Mönch schläft, die orangene Kutte ausgebreitet, als wäre er aus großer Höhe auf den Marmor gestürzt. Dann wendet er sich wieder der Skulptur zu, läßt sich in einer Ecke des Tempels nieder, sieht in der Ferne, wie am Ende eines Bahnsteigs, den Glanz der viel zu großen Füße und schaut auf den *Betrieb*, anders kann er es nicht bezeichnen. Er kennt ihn aus tausend spanischen Kirchen. Rings um die Figur sind gußeiserne Töpfe aufgestellt, an denen ganze Familien entlangziehen, um das kleinste Geldstück hineinzuwerfen. Andere knien, entzünden Weihrauch, schütteln eine Dose mit kleinen Stäbchen, bis eines herausfällt, und das bedeutet dann etwas. Frömmigkeit, Versessenheit, Begierde, Routine. Immer das gleiche Bild, wenn in einem geweihten Raum irgend etwas, egal was, verkauft wird. Eine Gruppe Japaner verbeugt sich, als wollten sie in den Boden hinein, überall das Klingeln von Münzen, kleine Vögel werden gekauft und freigelassen, damit erwirbt man sich Verdienste, das wirkt sich aus im nächsten Leben. Er blickt auf den Buddha, um zu sehen, was der dazu meint, aber er meint nichts. Er ist irgendwo anders, umgeben von Bildnissen seiner selbst, schlummert er im größten Bildnis von allen, er sieht nicht, wie der Tempeldiener mit einer Zigarette zwischen den Lippen die abgebrannten Räucherstäbchen wegnimmt, und auch nicht den Unsinn eines Telefons. Sein goldenes Haupt ragt über dem Reisenden auf wie ein polierter Fels, die *unisha* reicht bis zum Tempelfirst. Die metergroßen Fußsohlen sind aus eingelegtem Perlmutt voll kabbalistischer Botschaften und Geheimnisse.

Als der Reisende ins Freie tritt, sieht er seine Freundinnen nicht mehr. Er geht in das Massagehäuschen, unsicher, ob er das eigentlich will. Eine alte Frau bedeutet ihm, sich auf eine Holzbank zu setzen. Vor ihm steht eine Art Podest, auf dem Matratzen ausgebreitet sind. Fünf Menschen liegen darauf, bekleidet und nebeneinander. Es sind keine Europäer darunter. Leise, gemurmelte Unterhaltungen auf den Matratzen. Die Masseusen sind alt, aber stark. Sie krempeln die Körper unter ihren Händen um, stemmen die Füße gegen einen Schenkel, ziehen einen Rücken an zwei Armen gegen den eigenen Rücken, drücken Köpfe zur Seite. Er hört Knochen krachen, lange Seufzer, tiefes Stöhnen. Es gibt einen Masseur, und der hat einen Sprachfehler, das kann er sogar im Thai hören. Dann ist er an der Reihe.

Eine der Frauen winkt ihn auf eine Matratze, er schnallt den Gürtel ab, nimmt die harten Gegenstände aus den Taschen und knöpft das Hemd auf. Neben ihm liegt eine dicke alte Dame. Er sieht, wie ihre gepolsterten Fußknöchel in die Mangel genommen werden. Die Frau über ihm lacht, kniet sich hin und faltet die Hände vor dem Gesicht. Sie betet und schließt die Augen. Das tut er auch. Kurz darauf lernt sein Körper, was es heißt, gleichzeitig im Osten, Westen, Norden und Süden zu sein. Es ist, als bringe ihn jemand dazu, einen Schlangentanz auszuführen, ohne daß er dabei stehen muß, aber noch merkwürdiger ist vielleicht, daß er darüber einschläft. Als er wieder wach wird, hört er friedliches Thai-Gemurmel ringsum, sieht, daß die dicke Dame neben ihm ein junger Mann in Fallschirmspringeruniform geworden ist. Die Frau, die ihn massiert hat, macht die Geste des *wai*, und auch er neigt in seiner liegenden Haltung den Kopf und drückt die Hände gegeneinander.

»Sawatdee, good fortune to you.«

Es stimmt, er schwebt jetzt. Seine Lehmfüße, die Knoten in seinen Muskeln sind auf der Gemeinschaftsmatratze zurückgeblieben. Als wäre es Pflicht, geht er noch einmal mit gemächlichem Flügelschlag in den Tempel, wo er A. und T. in schweigender Bewunderung vor den reich verzierten Fußsohlen des Erleuchteten antrifft. Sie haben die eisernen Geldtöpfe gezählt, es sind einhundertacht, und weil die ganze Zeit Münzen hineingeworfen werden, klingt es an dem Fleck, wo sie stehen, wie die stereophone Übertragung eines avantgardistischen Schlagzeugstücks.

Es ist später Nachmittag.

»Laßt uns den Sonnenuntergang am Wat Arun anschauen«, sagt Adelheid. Es ist der Tempel der Morgenröte auf der anderen Flußseite, aber Morgenröte und Abenddämmerung sind theatralische Zwillingsschwestern – ihnen geht es in erster Linie um den Ort. Sie nehmen eine Fähre und gehen durch grasige Wiesen voller Mönche, spielender Kinder und Limonadeverkäufer zu den steilen Treppen. »Zweiundachtzig Meter hoch«, sagt Tineke. Sie betrachten die chinesischen

Porzellanscherben, die in die Bergwand vor ihnen eingemauert sind, aber schon bald schauen sie auf nichts anderes mehr als auf die nächste Stufe, denn die Treppen werden immer steiler und senkrechter, man kommt nur noch mit Händen und Füßen weiter. Auf den gefährlich schmalen Absätzen stehen junge Mönche, die über ihre angespannten Gesichter lachen müssen, aber er sieht, wie auch sie beim Abstieg nicht nach unten zu schauen wagen. Auf dem obersten Absatz ruhen sie keuchend aus. Auf der anderen Seite des Flusses sehen sie den Wat Pho und den Wat Phra Keo und die Türme des großen Palasts. Die Zunge der untergehenden Sonne leckt noch einmal über all das Gold, das Grau der Stadt versinkt bereits im Staub des Abends. Auf dem Fluß fahren mit Planen überspannte Lastkähne in langen Ketten, Öllampen werden angezündet, die Nacht macht einen Hechtsprung, die Lichter der Stadt gehen an, in einer Viertelstunde wird es dunkel sein, unten klatscht jemand in die Hände, der Tempel wird geschlossen. Einen Augenblick bleiben sie noch so sitzen. Morgen werden A. und T. weiterziehen auf dieser Reise, deren Ziel sie nicht kennen, und auf einmal hat er das physische Empfinden, daß sie alle drei in dem Milliardentanz Asiens untertauchen, von der Menschenflut verschlungen werden, unsichtbar, nicht mehr zu erreichen, verschwunden. Aber das ist es doch, weshalb und wofür sie losgezogen sind? Er wird nach Birma und Japan gehen, sie fahren erst einmal auf eine kleine Insel im Südchinesischen Meer, »wo es nichts gibt«, und in den Tagen nach ihrem Abschied, wenn er selbst noch in unbestimmten, nur für ihn gedachten Missionen Bangkok durchstreift, sieht er die beiden vertrauten Gestalten vor sich auf dieser Insel des Nichts, umgeben von einem Meer von Allem, Hütten aus getrocknetem Laub unter hohen, windzerzausten Palmen. Fisch auf Holzkohlefeuer, Bücher mit trägen Seiten, ein kleines Boot von Zeit zu Zeit, das Leute bringt und holt.

Auch er macht sich ans Abschiednehmen. Er sieht den König von Thailand und den Präsidenten von China in einem beigen Rolls

Royce, abends ißt er im 14. Soi am Straßenrand, als arbeitete er in einem Büro um die Ecke, und verschafft sich so einen Anschein von *permanence*. Man sitzt dort herum und redet in der Nacht, die von der großen chinesischen Pendeluhr weggetickt wird, er liest und trinkt von seinem Kloster-Bier und sieht einen Boxwettkampf in Schwarzweiß über den Aluminiumtöpfen in der Küche.

Abschied, Abschied. Es gibt noch einen Buddha, den er besuchen will, den im Wat Trimitr. Er hat Fotos von ihm gesehen. Dieser Buddha, denkt er, wird etwas für ihn zusammenfassen, die Summe dessen ziehen, was er denkt, das meint er damit.

»Vergiß es.«

Die Stimme gibt es also doch noch.

»Natürlich gibt es mich noch. Du hast es immer noch nicht begriffen. Diese Summe kannst du selbst ziehen. Oder nicht.«

Er geht trotzdem hin, und es stimmt: Die Geheimnisse werden, wie üblich, noch geheimnisvoller.

1953 fiel ein großer Gipsbuddha von einem Kran. Die Figur sprang, bekam einen großen Riß im Gips. In derselben Nacht gab es ein Unwetter, das den Riß verbreiterte und den Staub wegwusch, so daß es plötzlich golden schimmerte. Verborgen unter dem Gips war eine drei Meter hohe goldene Statue, die fünfeinhalb Tonnen wog. Sie steht in einer zartrosa Kapelle. Die Hunderte von

Jahren Gips (wahrscheinlich angebracht, um die goldene Statue vor birmesischen Invasoren zu verbergen) sind wie eine Sekunde vergangen. Was ist Zeit? Die Figur sitzt kerzengerade da, die Augen nach unten gerichtet, ein strenger Meister. Er steht eine Zeitlang davor, versucht, in sie einzudringen, prallt daran ab. Er sieht, wie sich sein eigener Schemen in diesem glatten goldenen Panzer bewegt, der ihn abweist. Sein Gesicht ist darin verzerrt, er ist jemand anders geworden, einer, der an der Außenseite dieser Figur bleiben muß. Und außerhalb dessen, was sie darstellt, was sie bedeutet. Er versucht es noch einmal von der Seite, die langgereckten Ohren, die gebogene scharfe Nase. Aber diese Figur ist nicht nur die Masse ihres Goldes, sie ist auch die Masse ihrer Seele, dieser Erleuchtete hat so viel Schwerkraft, daß er nicht nur in sich selbst versunken ist, sondern geradezu eingestürzt, ein goldenes Loch, nichts gibt er preis. Der Reisende unternimmt einen letzten Versuch, diesmal bei der Hand, die locker herabhängt, als wöge sie nicht Hunderte von Kilo. Als er lange darauf schaut, schwindelt es ihn, das Gold strahlt eine Kraft aus, gegen die er nicht ankommt. Die langen Finger hängen herab, *subduing Mara*, das Böse unterdrükkend. Auf einmal will er wissen, wie lange diese Figur noch existieren wird, ob sie sich je abnutzen kann, ob es sie noch bei den letzten Menschen geben wird, doch der geschlossene Mund vermittelt ihm, daß dies einfältige Fragen sind, daß jede Antwort Unsinn ist, daß selbst die Vernichtung dieser Hand und dieses Mundes von keinerlei Bedeutung sein wird.

Er zählt die letzten Tage, freilich ohne Eile. Eine weibliche Seele wird in seinem Zimmer erscheinen und es wieder verlassen. Die wurde also dem Gepäck hinzugefügt, das er immer und überall bei sich trug und das irgendwann einmal vorausgeschickt werden würde oder auch nicht (nicht, dachte er). Sanfte Worte, Thai-Gesten, Formen von Liebe, Schatten an der Wand. Und er hatte noch oft auf dem Balkon gestanden und auf die immer wieder veränderte Anordnung der Körper auf der Straße unter ihm geschaut.

Er hatte auch den Himmel in vielen verschiedenen Farben gesehen. Nun war es Zeit, zu gehen. Zu lange in dieser Stadt zu bleiben wäre wohl nicht gut. Und doch wußte er, was geschehen würde. Das Flugzeug würde über dem dampfenden Delta aufsteigen. Die Stadt, in der er jetzt noch weilte, würde unter ihm liegen wie ein Haufen schändlicher Unsinn, garniert mit dem Gold der Tempel und Paläste. Und er, er würde Heimweh haben, Heimweh oder Kummer. Nicht viel Kummer, aber immerhin. Wie man die *condition humaine* genau definierte, wußte er auch nicht, aber auf eine unerklärliche Weise schien es, als gäbe es hier mehr davon als sonst irgendwo. Vielleicht kam es von den Gegensätzen. Versöhn die Bilder.

»So, so«, sagte die Stimme, aber darauf brauchte er jetzt nicht mehr zu achten. Er öffnete die Augen, um noch einmal den Woolworth-Buddha hinterm Bretterzaun zu sehen, doch alles, was er sah, war die graue, fleckige Wand seines Zimmers im gelben Licht der Birne über ihm. Er war also bereits unterwegs. Langsam nahm er den Telefonhörer und wählte die Nummer der Rezeption.

»Yes«, sagte Mr. Deng.

»Mr. Deng«, sagte er, »this is just to tell you that I am leaving tomorrow.«

»Well«, sagte Mr. Deng, »you will be back one day, no?«

So Gott will, wollte er auf spanisch sagen, oder irgend etwas anderes Feierliches, wie Inschallah, aber Mr. Deng hatte bereits aufgehängt.

Die Bücher von Cees Nooteboom
im Suhrkamp Verlag

Rituale. Roman. 1985
Sonderausgabe 1993

In den niederländischen Bergen. Roman. 1987

Ein Lied von Schein und Sein. 1989
Bibliothek Suhrkamp 1024

Mokusei! Eine Liebesgeschichte. 1990

Berliner Notizen. 1991
edition suhrkamp 1639

Die folgende Geschichte. 1991

Der Umweg nach Santiago. 1992

Das Paradies ist nebenan. Roman. 1991
suhrkamp Taschenbuch 1867. 1992

Gedichte. 1992

Wie wird man Europäer? 1993
edition suhrkamp 1869